LES BELLES HEURES
RECUEILLIES PAR LES SOINS
D'ANNA MARSAN & D'A. A. M. STOLS

LE BALCON DE L'EUROPE

NOUVELLES IMPRESSIONS HOLLANDAISES

PAR LÉON DAUDET

* * *

FRONTISPICE DE
JAN BOON

MAESTRICHT
CHEZ A. A. M. STOLS
1928

LES BELLES HEURES

I

LE BALCON DE L'EUROPE

LES BELLES HEURES
RECUEILLIES PAR LES SOINS
D'ANNA MARSAN & D'A. A. M. STOLS

LE BALCON DE L'EUROPE

NOUVELLES IMPRESSIONS HOLLANDAISES

PAR LÉON DAUDET

* * *

FRONTISPICE DE
JAN BOON

MAESTRICHT
CHEZ A. A. M. STOLS
1928

LE RETOUR

JE suis allé passer quelques jours en Hollande, à l'occasion de conférences littéraires, à Rotterdam, Utrecht, Amsterdam et La Haye. Il y avait exactement vingt ans que je n'avais visité cette terre historique et magnifique où, dans ma jeunesse, je venais chaque année, au moins une fois, me promener, stationner et travailler, en compagnie de mon bien cher ami Byvanck, aujourd'hui disparu.

Le livre de Byvanck, aujourd'hui rarissime, *Un Hollandais à Paris*, marque la première apparition de Marcel Schwob, de Jules Renard, de Maurice Barrès et de ce lamentable Paul Claudel, actuellement déchu de sa *Tête d'or*, ambassadeur à Washington, de ce mystificateur de Philippe Berthelot, et de Son Ignorance, le „voyou de passage" (Clemenceau *dixit*), Aristide Briand. Byvanck était et est demeuré le type même du „bon Européen", selon la définition de Nietzsche, situé au confluent critique des trois littératures, française, anglaise et allemande.

C'est par lui, et à travers lui, que j'ai appris à connaître cette puissante nation hollandaise, qui apparaît aujourd'hui comme le balcon d'où l'on peut observer la tragédie européenne, sous la menace de l'esprit révolutionnaire, sis à Moscou, et de l'esprit de revanche allemand, séant à Berlin. Ma dernière rencontre avec Byvanck date de 1919, où nous étions allés dîner chez Lapérouse, en compagnie de Bainville et de Pierre Champion. C'était au sortir de la guerre, et Byvanck augurait, pour la France, hélas ! une période nouvelle de relèvement et de grandeur.

La Hollande vient de m'apparaître comme plus vigoureuse et laborieuse que jamais. Rotterdam tend à devenir le premier port de l'Europe centrale. Amsterdam témoigne d'une activité et d'une prospérité inouïes. Le musée royal est mieux aménagé que jamais et j'ai découvert des raisons nouvelles d'admirer Rembrandt, Hals et Vermeer, que je vous exposerai à mesure. Car rien n'est plus fécond que la comparaison des idées de la jeunesse (j'avais vingt-neuf ans quand j'écrivis le *Voyage de Shakespeare*) et de l'âge „estramaduro", qui est celui de la lumière frisante. A Dieu ne plaise que j'entonne ici le *eheu posthume !* Rien de plus vain, ni de plus sot, que le regret des années enfuies, surtout quand le temps a été, en somme, bien employé. Quant à La Haye, cette délicieuse résidence, au milieu de sa ceinture de bois dorés par l'automne commençant, a gagné, en huit ans, deux cent mille habitants ! C'est toujours une ville de grande culture, d'un luxe sobre et parfait. On a beaucoup dit, on vous dira encore, que l'esprit allemand a remplacé à Amsterdam et à La Haye l'esprit français et les humanités. N'en croyez rien. La propagande, imbécile et falote, de mon ancien et mauvais camarade Philippe Berthelot n'est pas arrivée à détruire, à La Haye, ni d'ailleurs à Amsterdam, les bons sentiments traditionnels vis-à-vis de l'esprit latin et français. J'en ai des preuves infiniment touchantes. C'est miracle, étant donné la maladresse — pour ne pas dire plus — avec laquelle les milieux officiels ont agi vis-à-vis de cette étonnante nation de colonisateurs, d'érudits, d'agriculteurs et de savants, composant une population à la fois placide et irradiante.

Mon premier soin, en arrivant à La Haye, a été de me mettre en rapport avec mes confrères, journalistes et correspondants de la presse hollandaise. Cette presse comporte un certain nombre de feuilles très lues et très bien rédigées. Quiconque lit l'allemand et l'anglais — c'est mon cas — lit facilement le hollandais. Sur le coup de cinq heures, lundi dernier — je veux dire lundi 3 octobre — sont arrivés à l'*Hôtel des Indes*, où nous étions descendus, Delest et moi, une quinzaine de rédacteurs de cette presse, sérieuse, je le répète, et qui reflète, chaque matin, les événements de l'opinion de la France, de l'Angleterre, de l'Italie et de l'Allemagne. Je dois dire que les agences, ici, sont objectives et nullement tendancieuses. Les faits sont présentés tels quels, avec quelques lignes de sobres commentaires, ce qui n'exclut pas de solides articles de fond. Mais avant de nous rendre compte d'une entrevue et d'un colloque qui n'eût certes pas manqué d'intérêt, il faut que je vous dise ce qu'est l'*Hôtel des Indes*. Il n'y a pas de meilleur préambule à notre série de nouvelles impressions hollandaises.

L'*Hôtel des Indes* est l'œuvre d'un artiste d'une qualité toute particulière, M. Henry Rey. La maison existait de longue date — et j'y avais aperçu le propriétaire actuel, il y a vingt-cinq ans — mais elle n'avait aucun rapport avec ce qu'elle est devenue depuis. Il ne s'agit pas ici d'un palace. Les appartements sont en nombre limité, et conçus dans un style à la fois confortable et „Mille et une Nuits", où les estampes du dix-huitième siècle rejoignent les meubles laqués d'Orient. C'est l'*Invitation au voyage* de Baudelaire.

Les riches plafonds,
Les miroirs profonds,

La splendeur orientale,
Tout y parlerait
A l'âme en secret
Sa douce langue natale.

On retrouve ici la note juste de l'*Hôtel de France et d'Angleterre*, réalisé par la famille Dumaine à Fontainebleau, — vous en souvient-il, mon cher petit Marcel Proust ? — avec ce faste oriental qui apporte à La Haye les parfums de Java et des cigares de La Havane. Le grand confortable anglais, ou écossais, avec un ensemble amorti de miroirs, de soieries et de jeux de lumière, où l'imagination voit rôder des panthères satinées et des tigres moirés. Mais, rassurez-vous : tigres et panthères sont remplacés par les habitués et les habituées délicieuses d'une danse de cinq à sept, qui rassemble les plus jolis types féminins des Pays-Bas, quelques-unes brunes comme l'Erèbe, d'autres d'un blond à la Vermeer, avec des carnations tenant le milieu entre le clair de lune anglais et le rose Rubens. Parmi ces tulipes épanouies, une Javanaise de rêve, dans la plénitude fine de sa beauté ambrée, contemplait, de ses regards, profonds comme le large et mélancoliques comme la nuit, la ronde lente de ses sœurs d'Occident. Je dis une ronde formée de tangos languides, graves et demi pâmés, d'où toute bizarrerie et toute hardiesse même avaient disparu, par la mystérieuse aura exotique, la cambrure de l'oubli et du songe.

Sous le fardeau de ta paresse
Ta tête d'enfant
Se balance avec la mollesse
D'un jeune éléphant
Et ton corps se penche et s'allonge
Comme un fin vaisseau
Qui roule bord sur bord et plonge
Ses vergues dans l'eau.

A ce moment, Delest me fit remarquer que nous étions beaucoup mieux qu'à la Santé, et nous bûmes à celle de Pujo. Je dois ajouter qu'entre temps nous était servi un délicieux repas à la française, combiné entre le patron et son cuisinier, qui . . . Mais nous en reparlerons, à propos des délices de van Laar. Nous nous répétions à chaque instant : „Quel dommage que Baudelaire ne soit pas là, même avec Mme Sabatier et Jeanne Duval !" Quand, tout à coup, le garçon vint nous dire qu'un Français de marque était arrivé; nous songeâmes que ce ne pouvait être que *lui* ! . . . Or c'était Millerandus !

L'aspect du sénateur de l'Orne
Était, dit Delest, plutôt morne,
Rappelant celui d'une borne,
Mélange de pierre et de corne.

Je vous concède qu'entre ces vers, et ceux de Baudelaire, il y a la même distance qu'entre la belle dame de Java et la silhouette — heureusement non décolletée — de Millerandus . . .

SONGE ET RÉALITÉ

Cependant que la belle Javanaise de l'*Hôtel des Indes* dégustait une glace à peu près du même ton que son teint, assise à côté de son heureux époux, dans une pose gracieuse qui eût ravi Goya — et le pinceau de Goya — je me demandais à quoi tient l'atmosphère prodigieusement intellectuelle de la Hollande. En vérité ce pays me grise et j'y retrouve les impressions de Descartes et des Français du dix-septième siècle, qui allaient en Hollande pour réfléchir un peu à tout ça. Mais savez-vous que l'*Éthique* de Spinoza ressemble beaucoup, pour les dispositions des canaux psychologiques et de leurs reflets, à certains paysages et aspects de La Haye et de sa banlieue, forestière et marine. N'allez pas croire à un rapprochement artificiel. Il s'agit du fond même des choses et vous pensez bien que l'apparition, en une même contrée, de trois génies picturaux tels que Rembrandt, Vermeer et Hals a, tout de même, une signification.

Vermeer de Delft, c'est le peintre de la Hollande

et de la beauté hollandaise. Il a merveilleusement rendu la forme pleine, et délicate cependant, de ces filles du Nord aux yeux généralement bleus, verts, doux, baignés de mélancolie et de clair de brume, qui est la couleur de la nuit à Hilversum, à Delft, Leyde (*Lugduni Batavorum*) et en quelques autres endroits. La mode actuelle des femmes permet de constater que la ligne générale des Néerlandaises, depuis la hanche jusqu'au bout du pied, est parfaitement classique. Elle l'était déjà au temps de Terburg et de Vermeer. Voir à ce sujet la silhouette de la jeune personne, vue de dos, dans la toile fameuse du premier, *La semonce paternelle*. Mais un visage féminin typiquement national est celui de la dame au turban bleu de La Haye, par le même Vermeer. Jamais peintre n'a mis, dans les regards d'une jeune et séduisante personne, une eau bleue si lointaine, si rafraîchissante, telle que je l'imagine aux yeux de la tendre Cordelia, amoureusement dessinée par Shakespeare.

Toutes les Hollandaises ne sont pas blondes. Il en est de brunes aux chairs roses, et je me souviens, avec délices, d'une de mes belles auditrices de La Haye, que je croisai sous le péristyle au moment de monter en voiture, et qui, elle, relevait de la littérature anglaise, et la plus raffinée, celle de Meredith. Mais, après tout, peut-être était-elle mêlée de sang anglais, qui donne la finesse des attaches. Elle causait avec un monsieur fort élégant, lequel n'avait pas l'air de se douter qu'il entretenait de propos vains la propre fiancée nº 2 du Willoughby de l'*Égoïste*. Il y a comme cela des gens qui participent à la littérature romanesque sans s'en douter. Par exemple, ce que vous ne rencontrerez dans aucune ville, ni dans aucun bourg de ce pays de conte de fées industriel et humaniste, c'est un bohème ou un purotin. On ne tient pas ici ce genre d'article. Tous les passants sont confortablement nourris et vêtus. Nous avons déjeuné dans une brasserie où chaque portion de bœuf, cuite et saignante à point, représentait à peu près six portions d'un bon Bouillon Duval de chez nous, et rappelait telle assiette de rosbif savourée jadis, entre Stanley et Borthwick — depuis lord Gleanesk — dans tel petit restaurant du Strand, à Londres. Chez les peuples maritimes du Nord, la viande de bœuf est excellente. Pourquoi? Voilà un profond mystère. Cela tient, je pense, à la façon de tailler les parts.

Un des traits du caractère hollandais, et des moins connus, c'est d'être toujours à l'avant du bateau, à la proue, en esthétique, en architecture, en érudition, en science, en modes féminines. Il suffit de regarder les devantures féeriques de Kalverstraat, à Amsterdam, pour s'en rendre compte. Le magasin de confection peut, en Hollande, être luxueux et exposer des robes aussi belles et gracieuses que celles de nos premiers couturiers. Cela ne se remarque, je crois, en aucun autre pays d'Europe et crée une ambiance de Mille et une Nuits. Je me demande même si nos excellents Boches — à moi Stresemann ! — dans leurs orientaleries volontaires et tendues, n'ont pas subi l'influence des Hollandais et, à travers les Hollandais, de Java.

Ici je vais vous faire admirer mon impartialité. Aux portes de Delft nous avions perdu notre chemin et celui qui conduisait l'auto s'arrêta, sur les dix heures et demie du soir, devant une villa. A notre appel, une servante accourut. Elle était blonde, non du blond aérien des Hollandaises, mais du blond de Gretchen et d'Ottilie, vous vous rappelez, dans les *Affinités électives*... Interrogée en langue batave, elle ne comprit pas et questionna à son tour, en allemand. Son cou rond et poli, dans la lumière des lanternes, était vraiment „praxitélien", gonflé par un parler nullement rauque, comme par le chant de la tourterelle; et l'on retrouvait en elle cette courbe du Rhin que le prussianisme n'est pas arrivé à détruire; malgré son emploi de simple petite servante germanique dans les bois de Delft, cette jeune beauté évoquait Lili Schönemann et l'idylle enchanteresse de Sessenheim. Il faut très peu de chose, en Hollande, pour échapper à la raideur, à la laideur, et à la méchanceté des hommes. L'air, même moral, est d'une remarquable pureté, mieux encore, d'une remarquable purification. Induit en toute sorte de rêveries féeriques par l'apparition de cette petite personne, je me remémorais, à travers les formes nocturnes des bois et des eaux, le rythme beethovénien „*an die ferne Geliebte*", à la lointaine aimée, laquelle ne pouvait certainement pas être plus jolie, ni plus svelte, que l'*ancilla* tardive de Delft.

Quand vous vous promenez la nuit au Bois de Boulogne — „eune supposition", comme dirait Briand — vous demeurez plongé dans l'obscurité la plus complète. Ils le savent, ceux qui vont là pour couper leur bonne amie en morceaux. Rien de semblable dans les bois de Harlem, d'Hilversum, de La Haye. Ces bois ou, du moins, leurs routes principales, sont éclairés à l'électricité, derrière les feuillages, comme dans les décors londoniens du *Songe d'une nuit d'été* ou de *Cymbeline*. Aussi les rencontres d'autos sont-elles pratiquement inconnues, frappées d'ailleurs de telles amendes que les „chauffards" font attention. Cela se comprend. Les villages hollandais regorgent, comme les villages flamands, de beaux enfants qui sortent en se poursuivant des maisons, à la manière de tous les enfants du monde. Toute vitesse excessive serait meurtrière. La police ici est rude, mais elle n'assassine pas les enfants, ni ne les frappe avec brutalité. Aussi bien en Belgique qu'en Hollande, l'enfant est entouré de soins particuliers. La civilisation se mesure à l'absence de petits vagabonds, véritable scorie de la famille et qui témoigne de l'incurie de l'État.

Je me rappelais, devant ces marmots hollandais, propres, mouchés, soignés, la sortie des petits Provençaux de Saint-Rémy et de la région, le jour de la rentrée des écoles, sous un gai soleil d'octobre. *O fortunatos minium*..., heureux gosses de Delft, d'Hilversum, de Leyde et des bourgs intermédiaires, de Château-Renard, de Saint-Rémy, de Barbentane, attendus par des mamans prévoyantes, bien chaussés, bien vêtus, courant le long des canaux et des roubines, à travers le crépuscule doré. Heureux gosses! Quelles que soient les circonstances ultérieures de vos vies d'hommes, sur les bateaux, dans les îles lointaines auprès de femmes perfides, ou avec la fièvre revenant à la même heure, vous vous rappellerez ces retours-là, les rondes et les chants le long du chemin dit des écoliers, à Gouda comme à Configues!

L'INSTITUT DU CANCER

La Hollande n'est pas seulement un pays de grande activité matérielle et de développement incessant. C'est aussi un pays de grande culture intellectuelle, au confluent des pensées française, anglaise et allemande, mais enveloppées et dominées par l'esprit critique d'un peuple méticuleux, auquel on n'en fait pas accroire. Bien entendu, il y a dans cette élite, qui rappelle étonnamment celles du XVIe et du XVIIe siècles, des préférences pour l'une, l'autre, ou la troisième des trois formations, si différentes, en littérature, en science et en art. Mais le Hollandais demeure spécifiquement hollandais et, si je voulais essayer de le définir, je dirais qu'il fait de son art une science, un petit cosmos à part (voir Rembrandt et Vermeer) et de sa science un art subtil. C'est la contrée où l'on peut avoir, dans la même journée, trois conversations fécondes avec trois personnalités originales et différentes.

Ayant mis au point une théorie du cancer et de la tuberculose, pour laquelle j'espère des conséquences pratiques, et qui soulèvera des controverses passionnées, j'ai été très heureux d'être introduit à l'Institut Leeuwenhoek d'Amsterdam, spécialisé dans le cancer et qui est une admirable maison. L'esprit de méthode et de recherche y règne au milieu de cette atmosphère „érasmique" qui n'a pas sa pareille au monde en notre temps, mais qui était celle du seizième. D'une conversation de quelques minutes avec les maîtres de cette demeure, d'où sortiront de grandes choses, il est résulté que nous étions, eux et moi, sur des chemins très voisins. Je pense qu'ils ne se dissimulent pas les résistances qu'ils rencontreront notamment du côté pastorien, où l'on considère comme *ne varietur* le dogme, certainement erroné, des microbes exogènes, des anticorps, de la phagocytose, des sérums spécifiques, etc . . . et autres thèses qui ont besoin d'une sérieuse revision. Mais Berthelot s'imaginait bien que la chimie était une science presque achevée, alors que le radium est venu, depuis, tout bouleverser, et Charcot s'imaginait bien que les catégories de la faculté du langage articulé étaient localisées dans tels et tels postes cérébraux. Le génie se trompe souvent et ses erreurs sont à la taille de ses vérités, de même que les gouffres et abîmes se mesurent aux sommets qui les surplombent.

Les savants de l'Institut Leeuwenhoek — du nom du célèbre observateur des infiniment petits — sont arrivés à ce résultat cytologique important de rendre sensible à l'oreille la terrible activité, ou bataille, de la cellule cancéreuse plurinucléaire. Ils ont imaginé un appareil technique fort habile, qui fait que l'on peut entendre le vrombissement de la tension électrique intracellulaire, comparable à celui d'une grosse mouche. Ainsi se trouve matérialisé ce fait, à mon avis de première importance, qu'il s'agit ici d'une combativité spéciale de la cellule cancérisée; combativité de l'ordre neuro-chimique. Si l'on piétine, depuis tant d'années, dans la question des tumeurs malignes, c'est parce qu'il manque un certain nombre de clés, permettant de déchiffrer ce cryptogramme biologique. Chacune de ces clés est, selon moi, une science nouvelle ou, du moins, doit être considérée comme le point de départ d'une science nouvelle. Je me suis parfaitement rendu compte, en écoutant l'appareil ingénieux des savants du „Leeuwenhoek", qu'ils s'avançaient dans cette direction, liée elle-même à la conception de la pluricause du cancer.

Etiquetées dans des armoires, se tiennent des préparations anatomiques de souris cancérisées au goudron, selon la méthode japonaise. De nombreuses souris blanches vivantes portent des cancers de type divers. J'ai vu un cobaye antérieurement sain, qui s'était trouvé cancérisé brusquement, sans aucune friction au goudron, après une simple cohabitation avec des souris cancérisées, et sans que l'on pût croire à aucune contamination directe. J'ai vu des préparations de cellules cancéreuses demeurées vivantes. J'ai vu aussi de magnifiques coupes gélatinées de cerveau méningitique tuberculeux, obtenues par un professeur de Leyde. Bref, ceux qui désirent arriver bons premiers dans la question des origines — certainement multiples — et du traitement rationnel du cancer n'ont qu'à se hâter, s'ils ne veulent être distancés par le „Leeuwenhoek". En ce qui me concerne, je vais mettre les morceaux doubles, dussé-je laisser théoriquement dans l'ombre quelques points importants.

En science, comme en érudition, comme en art, comme en navigation, il faut être hardi et aussi méditatif. Une descendance de marins et de pâtres doit donner des savants et des observateurs de premier ordre. Le Hollandais est navigateur, il est hardi, il est méditatif et sa légendaire placidité recouvre une extraordinaire activité d'esprit. Je ne suis nullement étonné que certains financiers hollandais apparaissent comme les premiers du monde pour la hardiesse de leurs conceptions, et comme dépassant les Américains. Mais c'est un sujet à examiner à part, quand je parlerai de la prospérité et de la Bourse d'Amsterdam. La Hollande, qui voit grand, me paraît inventer actuellement une forme de capitalisme qui est, à celui du reste de l'univers, ce que la magnéto actuelle est à la peau de chat et au bâton de résine. C'est vraisemblablement ce capitalisme-là qui guérira la dermite socialiste, autre forme de cancer, relevant d'un traitement approprié; et qui la guérira par des méthodes nouvelles.

Les sujets se tiennent et l'homme est un. De même que la personnalité de Léonard de Vinci portait témoignage pour l'Italie de la Renaissance et, au delà, pour l'Italie actuelle de Mussolini — en vertu du *multa renascentur* — de même que Rubens porte témoignage pour la puissante ardeur et générosité des Flandres, de même Rembrandt et Vermeer portent témoignage pour l'*ingenium* hollandais. Cela dans tous les domaines. Quelques savants réunis autour d'un microscope ou d'un appareil électro-auditif sont reliés aux Syndics des Drapiers, assis devant leurs registres de comptes, d'une façon analogue à celle qui relie la dame au luth, de Vermeer, aux belles danseuses de l'*Hôtel des Indes* à La Haye. La substance intellectuelle est toujours la même, bien que s'écoulant par des canaux différents.

L'Institut Leeuwenhoek renferme quelques lits

d'hôpital, où reposent des malades en observation et en traitement. La propreté hollandaise classique règne ici, et les médecins qui me lisent me comprendront si je leur dis qu'il n'y a, dans cette salle, aucune autre odeur que celle de quelques fleurs égayant le grave logis. Les fenêtres donnent sur un canal, qu'ombragent les arbres déjà automnaux. J'ai vu cela par un jour de soleil tamisé, diffus, à l'heure même qu'à peinte Vermeer dans sa toile célèbre du musée de La Haye. Cette lumière hollandaise est aussi rare que la couleur des prés et des bois et propice à la réflexion. Sans doute entre-t-elle dans la composition de ce mélange, grisant et lucide, que j'appelle l'euphorie batave.

CAUSERIE A AMSTERDAM

Les splendeurs de ce qui fut la rue de la Paix à Paris se retrouvent à Kalverstraat à Amsterdam. Je veux dire que le commerce de luxe, agonisant en France pour des raisons non seulement financières, mais fiscales et donc politiques, est éblouissant dans la grande ruche hollandaise, qu'illuminent, au jour tombant, de véritables brasiers électriques.

La préoccupation du commerçant amsterdamois, c'est de faire, de la devanture, une fête pour les yeux et un amusement pour l'esprit, une tentation en permanence. Les maisons de mode regorgent d'étoffes de soie, d'or et d'argent, de modèles d'un goût nullement criard, mais, comment dirai-je, saisissant. Baudelaire, peintre immortel des chatoiements et de ce que Maurras appelle „les moires", serait ici à son affaire. Les joailleries ruissellent en cascades, ainsi que dans les contes arabes. Le style blafard, oblique et lunaire, des poupées servant de mannequins, avec leurs regards bleus et verts, s'inspire manifestement de Picasso et des expressivistes allemands ; mais tout cela est fondu dans une féerie oculaire de bon aloi. L'outrance convient au luxe, lequel n'est pas plus une sagesse que la volupté, mais un signe de puissance, un stimulant et, à mon avis, une nécessité économique. Le luxe ne fait pas seulement vivre beaucoup de gens. Il agit encore dans le même sens que la grande propriété, ou le très grand capital, comme pilotis et fondement de l'aisance sociale. A lui vient s'arc-bouter le confortable, appui lui-même de l'hygiène et de la simple propreté. Le luxe est situé à l'antipode de la gêne, de la misère et de la crasse, et il tire en haut ceux qui, ne le possédant pas, veulent l'atteindre, de la même façon, sur un autre plan, que l'érudition et la connaissance tirent et attirent les ignorants bien doués.

Ce que j'écris, avec une conviction d'autant plus sincère que je ne me suis jamais offert aucun luxe que celui d'une bonne cave, d'une cuisine soignée et d'une bibliothèque garnie, ce que j'écris ici est exactement à l'opposé du socialisme. Je considère le socialisme, marxiste ou proudhonien, comme une peste sociale dans le désert de l'intellect. Une barbarie étatiste fondée sur l'*invidia* la plus servile, une barbarie qui nivelle puis anéantit l'enseignement, transforme le travail en chiourme, persécute ces moyens d'évasion de la personnalité humaine, ces hauts postes de la société, la propriété et l'épargne, une sauvagerie au second degré, voilà le socialisme, voilà l'étatisme, voilà l'enrégimentement à perpétuité des esprits et des corps, pour une besogne de néant. Car le but, c'est l'élite, et non le troupeau. C'est par l'élite que le troupeau avance et paît, au lieu de crever sur place entre une eau croupie et un tas de chiendent et de cuscute.

Nous avons, en France, une ville qui, n'étant pas *extérieurement* luxueuse par elle-même, produit ce qu'il nous reste, pécaïre, en fait de luxe: les étoffes de soie. C'est Lyon. Mais Lyon, qui est, en tout, un magnifique cryptogramme, cache ce qu'elle ouvre, plus qu'elle ne le montre. Il y a bien la foire de Lyon, maintenant annuelle. Je parle d'une fête permanente des devantures, comme dans Kalverstraat à Amsterdam, comme naguère dans notre rue de la Paix. Je parle d'une école de luxe et de beauté.

Après cette visite à Kalverstraat, et les regards encore gorgés de spectacles incandescents et délicieux, j'ai eu une conversation avec un personnage important, Hollandais de bonne source et qui n'a rien d'un purotin. Je vais vous la rapporter fidèlement :

— Cher monsieur — c'est moi „que je parle", comme dirait notre grand orateur Briand — de telles magnificences, si bien présentées, supposent un capitalisme formidable, un surcapitalisme comme on dit maintenant.

— Cher monsieur Daudet — on donne le nom avec le „cher", comme en Angleterre, et j'aime beaucoup cette cordialité — vous ne vous trompez pas. Nous avons ici la Bourse la plus importante de l'univers et quelques richards qui valent, en portefeuille, les Américains et, en intelligence, les dépassent.

Ici furent cités quelques noms et quelques chiffres,

que je juge inutile de transcrire, afin de ne pas déléguer aux dits richards des légions de tapeurs et de maîtres chanteurs, accourus des quatre coins de l'Europe affamée. Le désarmement de ces surcapitalistes hollandais apparaît en ceci qu'ils tiennent — ce qui s'appelle tenir — le pétrole, le caoutchouc et les gisements diamantifères, ainsi que le café, une partie du tabac, et quelques petites choses intéressantes encore. Ces agglomérations puissantes de capitaux, qui sont à la base de la prospérité hollandaise, sont reliées, d'une part, à une activité prodigieuse, de l'autre à une colonie bien tenue et exploitée méthodiquement. Car le capital n'est nullement le produit de l'oppression d'autrui, comme le soutient cet imbécile messianique de Karl Marx. C'est le produit de l'ingéniosité, de l'investigation et de la force de persuasion, laquelle est un don naturel.

Mon interlocuteur poursuivit : „Ceux dont je vous parle sont des patriotes, et qui mettent leurs fabuleuses richesses au service de leur pays hollandais, de la civilisation et de la culture hollandaises. Alors qu'en

Allemagne, en France et même en Angleterre, les grands industriels et banquiers, qui sont moins riches que les nôtres — et de beaucoup — prennent des assurances chez les socialistes, et subventionnent souvent la peste socialiste ou communiste (mais c'est la même chose), ici nos surcapitalistes subventionnent l'ordre hollandais, la paix et la prospérité hollandaises. Ils rendent ainsi un service éminent à la civilisation occidentale, à la Couronne, à notre État, et c'est grâce à eux que, dans dix-huit ans, le Zuyderzée sera asséché, que nos professeurs d'Université sont bien payés et que le socialisme, combattu par eux, est gisant, cependant que notre natalité est prospère, sans pullulement.

Je venais de faire, à La Haye, une conférence sur les Humanités. Le socialisme, dans tout les pays touchés et contaminés, combat les Humanités, et cela se comprend. Puisqu'elles forgent une élite susceptible de réduire à néant les raisonnements des „penseurs" du partage des biens, tonitruants et vides comme Jaurès, ou tarabiscotés et „spinozards" comme Léon Blum. Mais si les Humanités et l'*Action Française* sont les deux grands remèdes à cette peste, les labeurs et les efforts des surcapitalistes hollandais peuvent beaucoup, dans l'ordre matériel, contre la doctrine de dévastation, appuyée sur la foire du suffrage universel. La presse parisienne à grand tirage est en train d'expirer entre le prix du papier et la censure politique et policière que n'osent secouer des „patrons" timorés. L'enseignement supérieur français est agonisant, faute de ressources, et du fait de démagogues comme Herriot et sa séquelle. Dans cinq ans, la science française n'aura plus que des laboratoires *officiels*, avec des dogmes *officiels*. Ce n'est pas ainsi qu'on progresse. Partout l'impécuniosité, et partout l'effort de l'*invidia* démocratique et parlementaire pour généraliser cette impécuniosité, pour la rendre universelle et pire, et niveler tout dans la faim lente et dans la rage.

Mon interlocuteur avait entendu parler de cette situation. On ne lui en avait pas encore montré les racines.

REMBRANDT

Certains tableaux tiennent, dans notre vie mentale, le même rôle que certaines statues, que certains visages de femme, que certains paysages, que certains airs mélodiques ou symphoniques.

On y puise des forces ou du vague, de la réflexion ou de la rêverie. Quant à moi — et pour vous expliquer mon caractère — je vis couramment avec la *Ronde de Nuit* et les *Syndics des Drapiers*, ainsi qu'avec les *Lances* et les *Fileuses* de Velasquez. Côté peinture, bien entendu. C'est vous dire avec quel plaisir je viens de lire et de relire les *Trois heures au Musée du Prado* de l'extraordinaire écrivain espagnol qu'est M. Eugenio d'Ors. M. Eugenio d'Ors, Catalan nourri de Montaigne — son *Glosario* rappelle les *Essais* par le mélange des observations et des méditats — est un critique pénétrant et complet des choses de la littérature et de la peinture. Quel excellent guide! Je serais curieux de savoir ce qu'il pense de Rembrandt „grand hôpital tout rempli de murmures"?

Comme Shakespeare et comme Beethoven, comme Baudelaire, — avec lesquels il présente, dans la profondeur, plus d'une analogie — Rembrandt est le plus inconnu des génies, en dépit de son immense célébrité. C'est un grand inventeur.

J'imagine que son apparition dut provoquer l'immense stupeur irritée qui accompagne en général les premières fulgurations d'un talent inédit, hors cadre, d'une originalité puissante. Nous avons connu cela, dans les temps contemporains, pour Manet, pour Claude Monet, actuellement pour Picasso. La demi-élite, comme la foule, a horreur de l'expressivité, en littérature, comme en sculpture (voir le *Balzac* de ce pauvre Rodin), comme en musique (voir la *Symphonie en la* de Beethoven) comme en poésie (voir les *Fleurs du Mal* de Baudelaire). La foule est ignorante et dénuée d'appareils de perception („une poissonnerie" disait mon père). La demi-élite est routinière, conventionnelle et, pour tout dire, académique. Pardon, mon cher Paul Bourget, mais combien êtes-vous, sous la coupole, qui sachiez, en littérature, en art, en syntaxe, en humanités, de quoi il s'agit? Rembrandt, donc, apportait une forme nouvelle du mouvement et une conception nouvelle de la lumière.

L'œil d'un grand peintre décompose le mouvement comme peut le faire le cinéma. Il s'agit donc, pour lui, de faire une moyenne entre les „temps" les plus significatifs d'un geste grandiose ou familier et d'exprimer cette moyenne par la ligne et par la couleur. Car, picturalement, un mouvement n'est souvent qu'un reflet. Le summum du génie par l'évocation du mouvement apparaît dans l'eau-forte de Rembrandt, *la Résurrection de Lazare*, où le miracle apparaît, avec sa transe spéciale, dans le bras levé de N. S. Jésus-Christ et, simultanément, dans le remuement du cadavre de Lazare, sortant de la mort dans une sorte de repliement fœtal. Sur un plan moins sublime, mais encore impressionnant, regardez les gestes groupés des personnages de premier plan de la *Ronde de Nuit*. Jamais des gens en marche n'ont eu tant de vérité et de vie. Ils sont saisis dans l'instantanéité du pas, comme dans l'instantanéité du reflet lumineux sur les visages et les buffléteries.

Il ne me paraît pas douteux que Rembrandt, qui cherchait sans cesse et qui était intellectuellement un aigle d'immense envergure, couvrant, d'une seule envolée, cinq ou six lois bien cachées de la vie et de la lumière, que Rembrandt, dis-je, ait cherché à donner à la peinture la morsure et l'éclat de la gravure, sans la priver du chatoiement des tons et de la dégradation des nuances. C'est ce qui l'a amené à inventer cet éclairage magique, qui tient de l'incandescence et de l'éclipse, et n'est en somme ni le jour, ni la nuit illuminée; mais qui procure au regardant et, mieux encore, au contemplant — il faut rester deux heures devant un Rembrandt, comme devant un Léonard de Vinci, pour d'autres motifs — une amplification de l'intellect. Comme Shakespeare, comme Beethoven, comme Baudelaire, Rembrandt est une clé pour beaucoup de phénomènes de conjonction entre le monde extérieur et le monde intérieur. Que de fois n'arrive-t-il pas de se dire devant une toile, ou une estampe de Rembrandt, comme devant un beau crépuscule: „Ah! saperlotte, je n'avais pas encore pensé à ça".

Rembrandt étonne, puis tout aussitôt grise, puis soulève en nous toutes sortes de questions, auxquelles il apporte une réponse provisoire, qu'il s'agit ensuite d'approfondir. Tel est d'ordinaire le processus de la beauté, artistique, scientifique ou féminine. Mon ami le docteur Vivier disait de la beauté: *elle* vous foudroie, vous relève et vous assied. C'est tout à fait cela. Je n'ai pas l'honneur de connaître le conservateur des musées de Hollande; mais c'est lui-même un artiste. Sa mise en valeur de la *Ronde de Nuit* est spectaculaire et elle n'est pas théâtrale. C'est très bien. La transformation des cabinets de peinture d'Amsterdam, le regroupement des Vermeer, des Terburg et des Van Hoog, est également fort réussie. Le musée d'Amsterdam est ainsi conçu qu'on peut non seulement s'y émerveiller, mais s'y instruire. Je recommande, selon la méthode préconisée par M. Eugenio d'Ors pour Madrid, de choisir soit une belle journée de printemps hollandais, soit une courte journée d'hiver et, au sortir du musée royal, d'aller faire un tour le long des quais, au moment crépusculaire. Cette heure, où les regards des hommes et des femmes prennent un éclat si particulier, était certainement chère à notre graveur d'âmes, comme à beaucoup de grands artistes. Où ai-je donc lu que Beethoven était surtout visité au crépuscule par ces traductions de douleur, résolues peu à peu dans la joie, — une douleur spontanée, une joie voulue — qui constituent son divin langage?

La comparaison des peintres-„phares", selon le terme baudelairien, et du milieu où ils vécurent et peignirent, est une école très fructueuse. Non qu'il faille verser dans le „tainisme" — Taine était aussi peu artiste que possible — et croire à l'influence du milieu. Mais la comtemplation des maîtres hollandais aide à comprendre la Hollande, de la même manière que Quincey, Dickens et Stevenson aident à comprendre les rues et la batellerie des villes anglaises. Encore une petite remarque, celle-ci négative, quant à Rembrandt: ne pas lire ce qu'a écrit sur lui Fromentin, c'est inexistant. Mais qui donc a écrit sur Rembrandt ce que M. Eugenio d'Ors a écrit sur Velasquez et sur Goya?

Il ne faut pas croire que ce maître des maîtres soit le seul sommet pictural de la Hollande. Sans compter les trésors cachés des musées d'Amsterdam et de La Haye, nous aurons à parler de Hals et de Vermeer de Delft. Il y a un secret, je veux dire un message, dans Vermeer, comme il y en a un dans Rembrandt, comme il y en a un dans tous les artistes-rois. Chacun d'eux, avec ses moyens, a confié à l'avenir un arcane qu'il importe de déchiffrer et que c'est la besogne du critique de déchiffrer, un arcane ou un conseil technique, ou les deux à la fois. Mais même si on ne trouve pas ce secret ni ce conseil chez Rembrandt — ce qui est mon cas — on découvre, en le cherchant, devant les tableaux du „monstre lui-même", une foule de joyaux. C'est toujours l'histoire de celui qui, en recherchant une perle tombée d'un collier, trouva non la perle, mais un rubis dissimulé dans la fente du parquet.

D'UNE ARCHITECTURE

Amsterdam pourrait être définie une batellerie du dix-septième siècle — en plein commerce des épices — installée dans une cité des Mille et une Nuits.

C'est ce rassemblement du luxe et du confortable qui fait d'elle la ville la plus surprenante, à mon avis, de l'Europe occidentale. Paris, où je suis né, où j'ai vécu, lutté, ri et souffert depuis de longues années, Paris, que je connais comme ma poche, est un rassemblement de bourgades d'époques très diverses, traversées par un fleuve brillant et alerte — la Seine — et par un vif courant de compréhension, de bravoure et de fronde. Londres est tellement forte, laborieuse, et d'une ardeur si noire et si rouge qu'elle résiste à l'assaut de ses magnifiques colonies, à leur infiltration, à leur stase. Paris est un roman historique. Londres est un drame, et le jeu de mots s'impose qui la baptiserait „le théâtre du globe". Londres est un drame historique qui aurait digéré l'univers, qui l'aurait ramassé et ramené à quelques contrastes très violents, comme White Chapel et Saint-James. Mais Amsterdam est vraiment unique en son style et en ses reflets de mille canaux et écluses, le long desquels vivent à l'aise des arbres anciens, peignés et propres comme des bourgeois heureux.

Une grande cité sans crasse, quoi de plus étonnant! On a l'impression qu'à Amsterdam on fait la lessive, non une fois par semaine, comme en France, mais tous les jours et quelquefois deux fois par jour. Cependant je vous assure que les femmes n'ont pas ces allures de matrones roses et de ménagères à outrance que leur prête la tradition. Sans avoir la silhouette „grecque" — disait Alphonse Daudet — de la Parisienne, de la Bruxelloise et de la Provençale, particulièrement faites pour la statuaire, sans avoir les attaches déliées et la peau argentée des filles d'Albion, les Amsterdamoises offrent des modèles de beauté pleine et, cependant, nuancée. Le rêve a pris plus corps que chez l'Anglaise et si le feu n'est pas aussi apparent que chez la jolie fille d'Arles et d'Istres, on sent cependant que, selon le mot charmant d'Aubanel, il couve.

Les maisons serrées des quais d'Amsterdam, avec leurs pignons à redans, ont été vulgarisées par la peinture et la gravure, la photographie, récemment le cinéma. Aussi n'y insisterai-je point. C'est un chatoiement de vert sombre et de noir brillant, et comme poli. Si vous voulez un bain de couleur, allez dans la banlieue, à Zaandam, où sont des moulins bleus de conte de fées, des moulins comme dans un rêve de première communiante. Mais, en fait de bain de couleur, rien ne vaut les champs de tulipes et d'hyacinthes au printemps, dans les environs de Harlem, que j'ai tant de fois contemplés avec mon cher Byvanck. Il disait, en ajustant son lorgnon étincelant sur son œil noir étincelant: „Oui, oui, cela est très BON." Ce qui signifiait „cela est BEAU", esthétiquement et aussi intellectuellement. Car chez cet homme bien organisé, la sensation devenait immédiatement un acte de l'esprit.

J'ai eu la surprise, cette fois-ci, de découvrir, parmi les maisons à pignons d'Amsterdam, maints bastions, roses, ocres et jaunes, de cette architecture nouvelle qui vient de Germanie et dont il faut dire quelques mots. Amsterdam est avec Barcelone — où l'on aime bien aussi tout ce qui est „dernier bateau" — la ville où l'on trouve le plus de ces conglomérats d'habitations, de ces véritables *oppida.* Imaginez un fort aux terrasses décroissantes de bas en haut, mais toujours dépassantes, où les meurtrières seraient des fenêtres, prises et scellées dans une sorte de compact cimenté, lustré et violemment peint. Ne dites pas tout de suite: „Oh! c'est affreux", ce qui est le réflexe banal de l'Occidental devant ce qui l'étonne, ce qu'il voit pour la première fois. Songez — toutes distances gardées — à ce que dut être la stupeur devant ce gigantesque compromis entre le donjon et l'élan mystique, que parut la première cathédrale. Une idée présidait à la cathédrale et animait l'enthousiasme, encore aujourd'hui visible, de ses constructeurs et sculpteurs: l'idée de la prière, de la maison d'un Dieu crucifié, dont chacun de nous est l'autre maison, et qui s'élance vers lui par ses flèches et qui l'appelle par son bourdon. M. Mâle a écrit là-dessus des pages magnifiques et presque épuisé le sujet.

Mais une idée aussi anime cette nouvelle architecture oppidique: celle de la révolution et de la guerre camouflée. Ces bastions multicolores annoncent un temps industriel, où les ultrariches auront à se défendre, eux et leurs familles, contre les assauts d'une plèbe bien nourrie, vigoureuse, entraînée par des théoriciens, glabres et barbus, de la peste socialiste, de la rage révolutionnaire. Ils annoncent aussi un temps militaire, où la guerre sera en menace, ou en réalisation permanente, en raison même de la rapidité des transports et de la facilité des communications. L'architecture de l'*oppidum* est aussi celle de l'occupation et de la kommandantur. Il suffira à l'envahisseur allemand, slave, ou chinois, ou „d'autes peupes" — comme dirait Briand — de remplacer les boutiques par des sentinelles et les fleurs et mosaïques des terrasses par des mitrailleuses et des canons.

En écrivant ceci, je n'apprends rien aux Hollandais. Ils connaissent fort bien les Allemands et ils rient volontiers d'eux, comme de nous, comme des Anglais, étant naturellement observateurs et blagueurs, bien que d'autre façon que les Parisiens, les Marseillais et les Flamands. Car il ne faut pas croire que nous ayons seuls, nous Français, le sens du comique et de la rigolade, même devant l'architecture de Croquemitaine, ou les boutiques en forme de mortiers de campagne. A côté de l'internationale intellectuelle et de l'internationale financière, il y a l'internationale du rire. Nous nous en sommes payé, aux dépens de ces braves Boches, au cours d'un déjeuner chez van Laar, dont j'aurai l'occasion de reparler. Car rien ne guérit de l'architecture oppidique comme une bonne double douzaine d'huîtres de Zélande, flanquées, pécaïre, d'une double bouteille de chablis doré.

Il n'y a pas que le luxe cher, mais le luxe est toujours fragile. Dans notre France ruinée et exténuée par un demi-siècle de démocratie, de poinlevés, de paincarrés, de jaurès de toutes couleurs et de herriots à la douzaine, dans notre France galvaudée, au dehors, par un régime imbécile, bavard et sanglant, deux luxes nous restent: le pain et le vin. Le pain d'oïl, craquant et embaumé, à croûte dure, le pain des environs de Paris et de Lyon, le pain de Savoie. Le pain d'oc, blanc et rond comme une poitrine de Provençale, le „teston" d'Aix, d'Avignon, de Marseille. Ceux qui savent ouvrer ces pains et ces vins, boulangers et vignerons de père en fils, sont eux aussi de très grands artistes, des aristos, comme les diamantaires d'Amsterdam, les horticulteurs de Harlem et de Saint-Rémy, les carillonneurs de Malines et de Bruges et les pêcheurs de Martigues. „Vive labeur", disait Jeanne d'Arc. Le labeur, comme l'amour, fait sourdre la race, à condition qu'il ne soit pas trop dur, qu'il demeure varié et plaisant.

Voyez un peu ce que c'est que la gourmandise! Nous sommes partis de l'architecture oppidique, de l'architecture Karl Marx-Hindenburg pour aboutir à la table et à van Laar. Mais vous tous qui pensez que la bonne chère est un stimulant de la comphréhension, qui avez lu la *Gastronomie pratique* d'Ali-Bab et les *Bons Plats de France* de Pampille, poussez le tambour de la porte et entrez, avec moi, chez le grand cuisinier de la noble ville d'Amsterdam!

L'ALLEMAGNE VUE DE HOLLANDE

J'ai eu une conversation, à l'*Hôtel des Indes*, à La Haye, avec une vingtaine de correspondants et de rédacteurs de journaux hollandais, réunis pour la circonstance.

Il y avait, parmi eux, des Allemands, qui m'ont posé des questions, fort pertinentes, sur les perspectives locarniennes. Je leur ai répondu que je ne croyais pas du tout à „Locarno", qu'un rapprochement prématuré et de pure comédie était infiniment plus redoutable qu'un état de méfiance polie; et qu'en général il n'y avait de rapprochement véritable qu'à la faveur des élites et en ce qui concerne les élites. Mais l'histoire enseigne que de tels équilibres sont toujours fragiles et qu'on ne consolide pas des châteaux de cartes avec des discours. En ce qui concerne la Société des Nations, je n'ai pas caché qu'elle me paraît, avec les meilleures intentions du monde, mais aussi avec la plus grande ignorance et niaiserie du monde, apporter à l'humanité occidentale des œufs de *casus belli*, en quantité presque indéfinie. Ces arguments et d'autres, fort connus de nos lecteurs, ont été reproduits fidèlement par les presses de La Haye, d'Amsterdam, de Rotterdam et d'Utrecht. Je n'ai eu qu'à me louer, en somme, de mes confrères hollandais.

En Hollande, comme d'ailleurs en Belgique, la presse apparaît comme beaucoup plus indépendante et libre d'allures que la presse parisienne. A quelques très rares exceptions près, la presse parisienne succombe sous le poids des communiqués officieux, directs ou indirects. Le peu de réalité qui filtre dans nos journaux parisiens dits de grande information — par exemple l'*Écho de Paris* — ne transparaît qu'à travers les déchirements des partis, ou des factions, ou des banques rivales. La censure de guerre a laissé des vestiges de servilité affreux. La Sûreté générale commande, par les faits divers, les journaux de têtes coupées et de chiens écrasés, et elle en abuse pour les commentaires des événements politiques. Peycelon, féal de Briand, maître de l'*Officiel*, n'est qu'un indicateur de haute police, en relations avec toute une clique de maîtres chanteurs patentés. Cela est triste, mais c'est ainsi. A quoi bon se boucher les yeux? Ainsi s'explique qu'en trente ans, le prestige du nom français ait beaucoup diminué en Hollande; et nous ne devons nous en prendre qu'à nous. Cette dépréciation, tenant à des causes politiques, ne veut nullement dire que l'Allemagne soit maîtresse, ni même conseillère, dans l'opinion générale hollandaise. Celle-ci m'a l'air joliment crêtée contre toute espèce d'intrusion. D'une façon générale, le Hollandais connaît la valeur historique et la puissance actuelle — surtout financière — de son beau pays. Il sait que la Bourse d'Amsterdam est plus importante peut-être que celle de New-York, plus importante certainement que celle de Londres.

Beaucoup de Hollandais connaissent et redoutent la voisine allemande. Leur état d'esprit, quant à ce péril, est assez voisin de celui des Suisses, bien que d'une température fort inférieure à celui des Belges qui, ayant terriblement souffert de l'invasion et de l'occupation — survenues en pleine prospérité et marche ascendante de ce GRAND pays — ont appris à connaître ce Boche, qui est la forme belligérante de l'Allemand et comme une seconde nature. Je crois connaître assez bien les Allemands, puisqu'en somme j'ai écrit l'*Avant-Guerre*, qui n'était pas si mal renseignée. On n'imagine ni en France, ni en Angleterre, ni en Belgique, ni en Hollande, ni en Italie, ni chez aucun peuple civilisé, un savant considérable ni un professeur d'Université participant à un incendie, à un massacre de femmes et d'enfants, à un bombardement de cathédrale, etc . . . En Allemagne, cela paraît admissible, excusable et, en somme, assez louable. C'est de la psychose de guerre. Je dis, moi, que la „psychose de guerre" est une bonne blague et qu'il s'agit là d'une psychose ethnique. A quoi bon nier l'évidence!

Un Hollandais m'a dit, avec une ironie indéfinissable: „Que voulez-vous, l'Allemagne actuelle, c'est le taureau dans le bahut. Elle n'a plus de colonies. Elle n'a pas encore l'Autriche, ou ce qui reste de l'Autriche. Elle trépigne dans les cloisons du traité de Versailles et du plan Dawes. Il est, non pas vraisemblable, MAIS CERTAIN, que la porte rhénane une fois entr'ouverte—c'est-à-dire libre de soldats alliés—elle sortira par là et, de nouveau, cassera tout."

A quoi je répondis: „Excluez-vous complètement l'hypothèse d'une irruption par la porte hollandaise?"

Mon interlocuteur me répondit: „Il y a l'eau". En effet, il y a, en Hollande, un ministère des Eaux. Mais avec leur tour d'esprit, et la chimie aidant, le taureau allemand pourrait arriver à surmonter cette difficulté. Il est vrai que l'Angleterre ne prendrait pas la menace sur Rotterdam plus „à la bonne" que la menace sur Anvers. Il est vrai aussi que, quand sa frénésie a mis l'Allemand en état de Boche, aucun obstacle rationnel ne tient devant sa pugnacité. On raconte qu'au grand état-major allemand ils ne seraient pas encore exactement fixés sur le *vomitorium* du taureau: Hollande, Belgique ou Suisse, avec marche immédiate sur Lyon? De toutes façons, et si j'en crois mes renseignements, plus abondants encore qu'en 1913, à cause de l'immense développement de l'*A. F.* — surtout depuis l'agression gasparrienne — nous n'attendrons pas bien longtemps pour être fixés. On perçoit, venant du bahut, le rauque meuglement du taureau. Il essaie ses cornes contre la cloison. Un souffle brûlant sort de ses naseaux. Stresemann a beau jurer que c'est une vache, une bonne, douce et innocente vache, avec du bon lolo pour l'Europe. Je crois au pot de vin de Briand et de Berthelot. Je ne crois pas à la tasse de lolo de l'excellent Stresemann. *Timeo Stresemanum, et „lolo" ferentem.*

Pendant que j'étais à Amsterdam, les journaux illustrés allemands, pour l'anniversaire d'Hindenburg, reproduisaient les traits, rudes mais puissants, du président bardé de fer de la Blagopublique, ou Blagocratie allemande. Au-dessous, d'une écriture gladiolée, ces simples mots: „Soyez unis!" Puis, à la page suivante, groupés autour d'Hindenburg, les vaincus vénérés de la grand-guerre: Mackensen avec un bonnet à poil extravagant, sorti des *Caprichos* de Goya, et Kluck dans un manteau gris-clair de conte de Grimm, la main sur la garde de son sabre. Devant eux défilent, au pas de parade, des milliers de „citoyens” en redingote et chapeau haut de forme, avec des trognes de chiens furibards et de rhinocéros exaspérés. Ce sont des associations d'anciens combattants, qui brûlent visiblement du désir de „remettre ça”.

Alors j'ai pensé à la foule innocente de mes malheureux compatriotes, qui ont laissé revenir Caillaux, revenir Malvy, se reformer le *Bonnet rouge*, recommencer les „bonnes élections”, qui ont subi l'acquittement de la Caillaux, l'acquittement de la Berton, la condamnation du père de Philippe, l'acquittement de Schwartzbard, qui ont laissé faire de Paris la terre d'élection du crime politique et policier; de mes malheureux compatriotes, qui mettent leur confiance successive en Herriot, en Painlevé, en Poincaré, et qui, dans quelques semaines ou quelques mois, verront, de nouveau, leurs fils tués, leur pays envahi, leurs maisons brûlées, leurs femmes et leurs filles violentées!

Le Hollandais, à qui je confiais ces impressions, et qui est un ami de la France — mais non de la France *officielle*, qui n'est qu'une caricature hideuse de la France — m'a pris la main, et l'a serrée sans me répondre un mot.

VERMEER DE DELFT

Beaucoup de personnes s'imaginent que la prospérité hollandaise — dont ce que j'écris ici ne donne encore qu'une faible idée — date de la guerre. C'est une erreur. La Belgique, personnalité ethnique puissante — et dont l'originalité est aussi méconnue chez nous que celle de la Hollande — la Belgique a été ruinée par la guerre et le sacrifice, d'ailleurs bien mal récompensé, qu'elle a accompli pour son indépendance, au profit de la civilisation occidentale. Mais le luxe et le bien-être — son compère — des Pays-Bas étaient remarquables depuis le dix-septième siècle, ainsi que leur haut degré de culture. A partir du moment où chacun des deux peuples a vécu séparément, les traits différentiels sont apparus plus nets. La Hollande a tiré vers la féerie et la Belgique vers la mystique, ou le spiritualisme étendu, l'une et l'autre conservant, comme trait d'union, l'appétit de la connaissance.

Je veux d'abord vous dire ce que j'entends par la

féerie. C'est l'état épicurien où l'homme, ayant vaincu les difficultés naturelles — la Hollande a vaincu les eaux — et développé l'esprit d'aventure, de conquête, de colonisation, tire parti, pour l'enrichissement de son intelligence et le plaisir, de toutes les ressources et de toutes les richesses accumulées par le travail. La féerie, c'est le triomphe de l'élite, que celle-ci soit de savants, d'artistes, d'ingénieurs, ou de financiers. C'est cet état que les Allemands visaient et convoitaient avant la guerre, avec le *Drang nach Bagdad.* L'Orient a toujours exercé son mirage sur les aspirants à la féerie. En littérature Shakespeare, en peinture Rembrandt, en musique Wagner (*Parsifal* est d'inspiration beaucoup plus féerique que chrétienne) représentent assez bien ce que nous appellerons, si vous voulez, le féerisme. J'ajoute qu'il n'y a aucun état plus éloigné de la sainteté. Mais les arts peuvent y atteindre un raffinement et une délicatesse exquise, qu'ils n'atteindront jamais dans l'état de médiocrité générale, balancé entre la paresse et l'invidia, où fleurit la peste socialiste. Mais les sciences, abondamment pourvues de leurs instruments de travail et du premier de tous, l'esprit d'investigation, y donneront leurs fruits les plus puissants, tantôt sauveurs, tantôt vénéneux.

On raconte que les gravures de Rembrandt parvinrent au Japon par les navigateurs hollandais, à une époque où ce pays qui lutte contre les tremblements et éruptions — comme la Hollande contre les eaux — développait un État aristocratique et féerique. D'une telle fécondation, et si lointaine, serait sortie la grande école des maîtres japonais auxquels Edmond de Goncourt, notre plus puissant critique d'art, a consacré tant de pénétrantes monographies. C'est peut-être une légende, et il faudrait consulter les dates; mais il y a dans toute légende un fond de réalité.

Le peintre Vermeer de Delft, lui aussi, par un autre biais que Rembrandt, peint une vie, intermédiaire et ramassée, entre le „luxe calme" et la féerie. Ce lamentable Fromentin ne le mentionne même pas. Il est vrai que la peinture hollandaise et flamande est si riche qu'elle renferme une foule de trésors inconnus ou méconnus. On s'en rend compte aux musées de Bruxelles, à Bruges, à Amsterdam, gardiens des secrets picturaux, psychologiques, ethniques, les plus palpitants et, quant à nos jours, les plus indéchiffrables. Car je suis bien assuré que la peinture est beaucoup plus mystérieuse que la musique. L'artiste a l'air de se donner tout entier sur sa toile. Il n'en est rien et, si chaque art est une allusion et un symbole, et chaque chef-d'œuvre un message, le message pictural est plus enveloppé, plus fuyant, que le message musical. Aussi est-il terriblement difficile de définir, même de circonvenir, Vermeer de Delft.

La couleur de ses personnages féminins est d'une étonnante fraîcheur, comme le teint des jolies Hollandaises. Les douillettes jaunes et bleues, bordées de fourrures, dont il revêt ces tranquilles personnes — trop tranquilles même aux yeux de l'observateur charmé — rappellent étonnamment celles que l'on voit encore aux devantures étincelantes de Kalverstraat. Elles lisent une lettre, jouent d'un instrument de musique, désignent à une servante un objet à époussseter; mais rien n'est plus significatif que ces attitudes, ordinaires et habituelles; et Vermeer fait tenir un monde dans un ensemble de traits colorés. Sa rue de Delft, au musée de La Haye, atteint au même degré de prestige sur la mémoire que la „villa Médicis" de Vélasquez au musée de Madrid; et cela par des moyens chromatiques qui, par la jouissance de l'œil, procurent à l'esprit une béatitude équilibrée.

D'un façon générale, Vermeer est le grand introducteur du passant — s'il n'est pas un sot — à la compréhension de la beauté ordonnée et du luxe de la Hollande. Il enseigne à méditer, devant les choses et devant les gens. Ses tableaux, de petite dimension, valent des fresques pour la mémoire et la réflexion. Un tel artiste présuppose tout un milieu, toute une prospérité économique, toute une sagesse politique, et je le définirais assez volontiers un La Fontaine du trait et de la couleur, s'il n'y avait toujours quelque chose d'un peu forcé dans de tels rapprochements.

Ce qui est délicieux en Hollande, c'est que, sortant du musée d'Amsterdam, de La Haye, ou de Harlem, vous êtes ressaisi par une vie qui n'est pas différente de celle peinte par Rembrandt, Hals et Vermeer, et par des couleurs qui n'ont pas changé, par un luxe qui n'a pas diminué. Mais attention! Le travail, l'activité, la finition, l'achèvement, bourdonnent autour de vous. Les digues, les asséchements, les poldérisations, les électrifications sont à l'œuvre. Les Hollandais se rendent parfaitement compte de la beauté de leur pays, et ils l'entretiennent jalousement, en forgeant, en ouvrant, en négociant, en expérimentant, en réfléchissant et en concluant.

Se rendent-ils compte de la nécessité de forger *aussi* une épée, à deux pas de Mime et d'Alberich? Je n'en sais rien. On m'a dit que non. Mais je serais étonné que ceux qui savent se protéger immémoriablement du ravage des eaux, ne songent pas à se protéger du ravage allemand. Parce que, à défaut de Bagdad . . .

L'ESPRIT FRANÇAIS VU DE LA HAYE

Rotterdam a une atmosphère industrielle, coloniale et commerçante. Amsterdam a une atmosphère d'investigation, dans tous les domaines, de batellerie au repos, et de luxe. La Haye et Hilversum ont une atmosphère de haute intellectualité. Pourquoi cela? Je n'en sais rien. Il y a, de par le monde, de belles et luxueuses demeures qui suent la tristesse et l'ennui. Il y a des cités où l'on n'a envie que de se promener, de rire et de prendre, avec des amis, le bon de l'air, en regardant tout autour de soi. Marseille, par exemple. A La Haye, on a envie de méditer, de converser, de lire, d'agiter des idées, avec des personnalités de nationalité différente. Nous reparlerons de la ville picturale et visible, qui est une succession de chefs-d'œuvre paisibles, autour d'un grand vivier, au centre d'une forêt admirable, elle-même bordée par les dunes et la mer. Je suis dunomane, je l'avoue, et aussitôt après la calanque Marseille-Cassis — elle encore, elle toujours! — le site où j'aime à réfléchir à tout ça, sans me prendre la tête à deux mains, bien entendu, c'est ce paysage de sables secoués par le vent, de monticules sans cesse éboulés parmi les pins, qu'est la dune.

Déchiré par le vent du Nord,
Amant des hauteurs et des grèves,
Le pin est l'arbre des grands rêves.

En compagnie de Byvanck, je me suis promené ainsi plutôt cent fois qu'une, entre La Haye, Scheveningen et les alentours. Existe-t-il encore le petit café, caché dans les bois, où nous dégustions des cerises à l'eau-de-vie de Schiedam, qui avaient vraiment de l'allure? Puis, en avant pour le coucher du soleil de Vermeer sur ce gravier d'or, sur ce sable à sécher la page fraîchement écrite! Au printemps, comme en été, nous rentrions à la ville au bas crépuscule, l'heure entre toutes où se réveillent les chefs-d'œuvre assoupis, et où les amoureux, qu'a séparés la besogne du jour, se retrouvent avec ravissement et s'embrassent au coin des rues, au tournant des quais.

La société de La Haye correspond à ce que l'on appelait chez nous, autrefois, la société polie. L'abondance et la richesse des librairies décèlent, à première vue, une élite qui lit, discerne, et juge dans „les trois langues" en dehors du hollandais. On fait ici de très belles éditions d'ouvrages français, anglais et allemands. Des éditions où le contenant l'emporte, et de beaucoup, et très souvent, sur le contenu. Cela tient aux bobards lancés dans la circulation — des esprits, cette fois — par la propagande „Berthelot-Claudel" et la *Nouvelle Revue Française*. C'est une divertissante histoire, que je vous conterai une autre fois. Mais, derrière ces fantaisies et ces errements, communs à toutes les nations, il y a une solide connaissance des humanités classiques et de la bonne littérature européenne et française. Il y a du goût. Alors qu'en Allemagne, du moins avant la guerre, — car je n'y suis pas retourné depuis la guerre — il n'y en avait pas. La puissance est autre chose que le goût. Les pays où la lumière est belle, et où il y a de nombreux reflets d'eaux et de miroirs, sont, en général, des pays de grand goût. Villon, Ronsard et Mistral nous montrent que la véritable poésie se relie volontiers à un fleuve, tel que la Seine, la Loire et le Rhône. Sans tomber dans les ornières du „tainisme”, on peut constater cela en passant.

Une conférence sur les humanités grecques et latines n'est pas une chose particulièrement folâtre. J'ai trouvé devant moi à La Haye un auditoire très nombreux, d'une rare compréhension, saisissant les moindres nuances, et où beaucoup de dames et de demoiselles avaient eu la charmante pensée de venir en grand décolleté. On ne saurait croire combien le spectacle de la beauté rend la parole aisée et agréable. J'avais eu le tort de ne pas emporter d'habit et je parlais, non dans cet „ignoble complet marron” que me reprocha un adversaire politique, mais dans un complet bleu foncé, de petite extrace. Les gens auraient pu me gronder de n'avoir pas fait suffisamment toilette. Eh bien! pas du tout! L'accueil fut tel que je me serais cru sur la scène des Mathurins, à Paris, et sous la tutelle affectueuse de mon cher Hébertot (*). Tout en parlant, je ne cessais de considérer ces visages féminins attentifs, pareils à des fleurs épanouies. Je me rappelais aussi le mot d'une charmante Amsterdamoise sur la fausse vision qu'ont les Anglais de la Hollande: "Ils nous prennent pour des paysans en sabots". Or les fins souliers, les bas de soie étincelants, et les mules d'argent et d'or sont ici, Dieu merci, en très grande faveur. La mode y est resplendissante et sûre et c'est le pays des „miroirs profonds".

Avant et après cette soirée délicieuse, où l'amabilité et la gentillesse de tous avaient fini par me donner l'illusion d'être en habit, je me suis entretenu, avec beaucoup de personnes, de l'influence actuelle de l'esprit français en Hollande. Cette influence, qui fut grande, est aujourd'hui très diminuée. J'en ai dit les raisons, d'ordre politique, en signalant que l'aristidisme n'est pas fait précisément pour relever notre prestige au dehors. Car on peut tout dire de „cte

(*) *Hébertot est l'homme qui connait et organise le mieux le théâtre en France, à cette heure.*

vieille" Briand, et dans tout les sens, sauf qu'il n'est pas un illettré complet. J'ai même rappelé le mot de Capus, sur sa bibliothèque de bouts de cigarettes et de chaussettes sales, qui a eu beaucoup de succès.

La Haye est intellectuellement au courant de beaucoup de choses. La fin soudaine de l'infortuné Jonnart, démissionnaire de cette vie terrestre, avait ramené l'attention sur l'extraordinaire sottise de l'Académie, préférant cette nullité à Maurras. Ce n'était qu'un cri: „L'Académie s'est perdue dans l'esprit européen". Je crois, d'ailleurs, qu'elle y compte beaucoup moins qu'on ne l'imagine sous la Coupole. Là, comme au quai d'Orsay, règne cette croyance absurde que les Hollandais, comme les Anglais, comme les Américains, sont des peuplades reculées, ignorantes de tout, auxquelles on peut faire prendre pour une lanterne la vessie de Doumic ou d'Henri de Régnier, ou, à l'autre extrémité du bobard conventionnel, de Paul Claudel. Ce sont les Français qui, à ce jeu-là, finiront par passer pour des arriérés, pour une nation en retard. On demande, en Hollande, et notamment à La Haye, une équipe de conférenciers français, dans le mode de René Benjamin, qui ne soient pas tous stylés de la même façon, ni coulés dans le même moule démoc-officiel; des hommes renseignés, indépendants et dégourdis, qui ne parlent pas dans leurs bottes.

Car à quoi servirait de relever le franc — avec le secours de la Bourse d'Amsterdam — si l'on abaissait, en même temps, la figure de la France? Nous ne sommes tout de même pas un peuple de larbins, comme voudraient le faire croire les Verts du bout du pont!

HARLEM ET HALS

Je ne puis traverser Harlem sans voir auprès de moi Georges Hugo, Marcel Schwob, Mariéton, avec lesquels je suis venu ici tant de fois dans ma jeunesse, au printemps, en automne et en hiver. Quel hiver, celui de 1896! Le Zuydersée était gelé et nous le traversâmes en traîneau, au soleil couchant de quatre heures, dans une brume glacée de rose et d'or. Cette journée féerique nous décida à pousser vers Copenhague et Stockholm, où nous nous trouvâmes sans un sol, et contraints de vendre ma pelisse, jusqu'à ce que mon père nous eût envoyé quelques billets de mille — via télégraphique Hambourg — qui firent bien dans le paysage, mais disparurent rapidement. Il nous fallut revenir en toute hâte pour entendre, au banquet Goncourt, la petite voix séche de Poincaré, non encore promu Grand Lorrain. De Franz Hals et d'Elseneur à Poincaré, la chute était rude!

Une autre année, j'étais seul à Harlem et je passais mes journées au musée, ou dans les bois dépouillés par l'hiver, et auxquels succèdent les dunes d'un sable alors tourbillonnant. J'arrivai, marchant d'un bon pas, jusqu'à une ligne de chemin de fer, longeant elle-même un canal où glissaient patineurs et patineuses, dans un mouvement de valse lente. Le soir venait, en blanc et noir, comme dans une eau-forte de Seymour Haden. L'entre-lueur m'ouvrait la compréhension vers toutes sortes de croisements intellectuels et sensibles, aux carrefours desquels je musardais. Un train passa, puis stoppa, aussitôt après une détonation. D'un compartiment de première classe les employés, accourus, tirèrent un voyageur, jeune encore, qui venait de se suicider. Pauvre malheureux garçon! Se tuer à Harlem, à quelques mètres d'un des plus grands interprètes de la vie et qui enseigne à la couler facile et fastueuse, au milieu de gais compagnons! Car si quelqu'un a aimé la vie, c'est bien Hals, insouciant et humant l'air et la couleur, tel que nous le voyons à Amsterdam, auprès de sa femme, pas belle, certes, la chère enfant, mais si bonne personne! Qu'un pareil amoureux des formes se soit contenté d'un laideron si sympathique, voilà ce qui m'a toujours étonné.

Certains artistes naissent achevés et donnent leur mesure dès leur début. Il n'en est pas de même de Hals, qui n'a cessé de progresser dans l'expressivité de la ligne et de la tache ou, plutôt, dans le coup de pinceau; car il dessinait avec sa couleur et l'un n'est pas séparé de l'autre. C'est de la même façon que devaient procéder plus tard l'étourdissant Renoir, le maître du rose, et le roi des peintres contemporains, à mon avis, avec Renoir, Vincent van Gogh. C'était une coutume de l'époque, plantureuse entre toutes, où vivait Hals, de peindre des banquets d'archers et d'arbalétriers sortant de table, tout gonflés de vins, de victuailles, de bienveillance et, même, d'attendrissement. Scorel lui aussi s'en était payé, ainsi que des cortèges de types divers, tenant des palmes, ou les bras ballant. Mais il appartenait à Hals de déroidir ces gavés et ces joyeux, puis, quand les années l'assombrirent, ces régents et régentes d'hospices, attendant raisonnablement la goutte et la camarde, les mains à plat sur les genoux ronds. Psychologiquement — car un grand peintre est toujours très intelligent, contrairement aux jurons de Courbet — Hals, si franc dans l'attaque de son pinceau, apparaît comme plein de nuances, et de leçons dont lui-même prend sa part. On entend sur ses dernières toiles, entre le glacis noir et les touches d'un rouge si ardent, le „ah! que c'est bête de vieillir" de Caoudal dans *Sapho.*

D'existence aussi agréable que celle de ces peintres hollandais, vivant dans leur beau métier et leurs belles cités, au milieu de disciples compréhensifs et d'échevins généreux, je n'en connais le pendant que chez ceux de Fontainebleau et de Chailly en Bierre. Mais ceux-ci, et notamment Millet, — souvent inspiré, pour la nature, du bleu et du jaune des maîtres hollandais — vivaient en purotins, soupaient chichement d'une potée au lard et couchaient dans des lits d'auberge aux draps sales et mal bordés. Au lieu que Hals et les copains menaient une existence plantureuse ici, là très confortable, un peu à la façon des grands artistes de la Renaissance italienne. Vous connaissez mes idées là-dessus: l'art dramatique, pictural ou statuaire, a besoin de l'élégance et du luxe, s'il veut atteindre à l'éblouissante féerie d'un Shakespeare, d'un Rubens, d'un Rembrandt, d'un Hals; la misère ou la simple gêne n'ajoutent rien au pinceau ni à l'ébauchoir; elles diminuent le génie par la hargne et l'inquiétude, le génie littéraire ou artistique étant relié au plaisir de vivre et à l'absence de tout tourment autre que de s'exprimer à fond et complètement. Je ne parle pas ici de la douleur, qui peut être une magnifique école, si elle ne devient accablante. Je parle de ses bas-flancs et basses rampes, du chagrin, du porte-monnaie vide et de la nourriture médiocre. Il n'y a pas d'art d'assistance publique.

Nous savons que Hals était civique par le tableau de lui représentant des gamins hollandais faisant la nique aux soldats espagnols, qui abandonnent l'occupation. On vérifie devant ses toiles, habilement groupées à Harlem, les célèbres formules d'Hokousaï sur le perfectionnement continuel du trait et de la couleur, „jusqu'à ce que le moindre point soit vivant".

En effet, le terne est le fléau de l'œil, comme le fade et le convenu sont le fléau de l'intelligence, et Gœthe, mourant, aurait aussi bien pu dire „plus de couleur" que „plus de lumière". Ce qui est certain, c'est que, dans les Pays-Bas, (Hollande et Flandres), la lumière cède à la couleur et à la nuance, et l'intelligence s'allume par celles-ci. La compréhension est une volupté.

La couleur commande ici même le commerce des fleurs, qui fit de Harlem le marché des tulipes. Il faut voir Bloemendaal au printemps, avec ses damiers immenses de bleu, de rose et de rouge, aussi riches, par l'hyacinthe et la tulipe, que des devantures de joailleries de plusieurs kilomètres. Au tournant d'un sentier de forêt, cependant que les oiseaux, ravis d'être et de voler, s'égosillent dans l'azur tendre voilé de gris, vous apercevez une vaste étendue de fleurs précieuses, associées par le semblable, et qui éveillent aussitôt, dans l'imagination, ces idées rassurantes de similitude, d'équivalence et d'analogie, dont se réjouit le logicien comme le poète. Le souvenir de la Bourse des tulipes, aujourd'hui malheureusement fermée, évoque un temps où les banquiers répandraient une odeur délicieuse, où les billets seraient des pétales, et où l'hydropique des tableaux de Terburg et de Steen paierait son docteur avec une rose.

D'UNE ATMOSPHÈRE INTELLECTUELLE

J'aborde ici, à propos de la Hollande, un problème des plus singuliers: celui de l'atmosphère d'une contrée, d'un paysage, d'une cité et de l'orientation qui en résulte pour celui qui les traverse ou qui y vit. C'est ainsi que l'atmosphère de Paris est une atmosphère grisante et combative, traversée de périodes de recueillement ironique. Tout le monde y est toujours en mouvement et à la recherche d'une formule. L'atmosphère de Lyon est surnaturelle. Aucun miracle n'y étonnerait, en raison même de son silence et de sa lumière spéciale, qui ont l'air d'attendre le miracle. Marseille, c'est la ville de Rabelais, avec ce déploiement de couleur, de bruit, de pittoresque, mais aussi, attention, de finesse et de férocité qui luit dans l'œil de certains fauves, comme dans un beau soir de la Cannebière. Marseille, c'est le vocabulaire en mouvement d'une centaine de villages agglomérés, pas toujours chastes ni propres, c'est entendu, mais qui perdraient, artistiquement parlant, au nettoyage. Je comprends d'ailleurs que les Marseillais de fine race ne tiennent pas à leurs sentines et verrues autant qu'y tient, par exemple, Eugène Montfort et qu'ils réclament, devant la face du monde, le droit de perfectionner leur „Anankeia". Ceci est une autre question. Il est certain que la vieille Darse est une chère merveille de crasse dorée mais, en été, une puanteur.

L'atmosphère de Bruxelles est aérée, vivante et pratique, cependant spiritualisée. Le peuple belge me paraît le peuple d'Europe où l'Évangile a le plus agi. Il a eu le cardinal Mercier et il a Louvain.

Deux contrées ont toujours opéré sur moi à la façon d'une griserie lucide: la région provençale qui est entre les Saintes-Maries et Avignon, d'une part, Nîmes de Languedoc et Sisteron de l'autre; puis les bois, dunes et cités de Hollande, d'Amsterdam et de Harlem à La Haye et à Rotterdam. Mais alors que la première contrée, la provençale, me porte aux conceptions limitrophes du mystique et de l'intellectuel, que personnifie le nom de Nostradamus, la seconde me plonge, tel un maître baigneur, dans la spéculation intellectuelle-esthétique, et me pousse à imaginer la conception des œuvres dans les esprits, qu'il s'agisse de Shakespeare ou de Rembrandt. Ce sont là des faits d'observation, qui ne veulent pas dire que ces deux pays, qui n'ont comme trait d'union que les princes d'Orange — voir *le Poème du Rhône* de Mistral — agiraient de la même façon sur d'autres personnes. Il n'y a rien, en ces matières, d'absolu. Cependant je me rappelle les propos, entendus dans mon enfance, d'un lointain parent arlésien, qui était consul à Rotterdam, et qui parlait d'affinités entre certains aspects de la Provence et de la Hollande.

Toujours est-il qu'alors qu'à Paris, ma ville natale, et connue de moi dans ses coins et recoins, je me sens dispersé et, mentalement, vagabondant, je me sens concentré à Saint-Rémy et à Avignon, à La Haye et à Amsterdam. Ces fils et enchaînements de réflexions, comparables à des allées d'arbres d'essences multiples, que je parcours avec plus de lenteur à Paris, je les parcours bien plus rapidement en Hollande — „parmi la confusion d'un grand peuple", comme dit Descartes — et dans les bourgs et cités de Provence et des confins du Languedoc, du „*Lengado famous*". Cependant, toutes les racines de la langue d'oc et du parler du soleil sont héréditairement dans mon esprit, au point qu'en écrivant, si je ne me retenais, je conjoindrais et mêlerais souvent les deux parlers. Alors que je n'ai aucune notion du hollandais. Ces choses-là dépassent la logique. Stuart Mill, dès qu'il connut Avignon, ne voulut plus la quitter. Le cas était le même pour le Russe Semenoff, ami de Mistral et d'Arène, pour Bonaparte Wyse, pour bien d'autres. Descartes a conçu le *Discours de la Méthode* en Hollande, Shakespeare avait, pour les villes d'Italie, une affinité merveilleuse. Il a peint Vérone dans les *Amants de Vérone* et Venise dans *Othello*, avec cette exactitude au-dessus du reél, qui résulte des passions comme des paysages, des méditats comme des monuments, et qui mêle la chair à la pierre et au rêve.

L'explication du stimulant intellectuel, qu'on pourrait me fournir par les propos entendus dans la rue, vaudrait pour Marseille, où ce que disent les gens est encore beaucoup plus comique et plus spontané et effervescent qu'à Paris, où cependant le „bon bec" abonde, comme maître Villon l'avait déjà constaté. Cette explication ne vaudrait rien pour la Hollande, dont je n'entends pas le langage. S'agirait-il des silhouettes féminines, qui agissent toujours plus ou moins sur l'intellect des hommes dignes de ce nom? Mieux que cela, des regards féminins, chauds et rieurs en Provence, énigmatiques et baignés en Hollande, avec des glacis qui n'appartiennent qu'à eux? L'interprétation m'en paraîtrait courte; et il s'agit, je pense, d'une influence plus subtile, et qui échappe à la circonstance. Le souvenir des morts plane sur la Provence, en pleine irradiation de la lumière. De grands souvenirs d'histoire, fixés par la peinture et les monuments, renouvelés par un immense labeur quotidien, planent sur la Hollande. L'esprit cherche à relier ce passé à ce présent et, dans le temps où il le cherche, l'avenir — qui donne l'illusion, le mirage d'un aboutissement — tire sur lui tant qu'il peut. C'est ce tiraillement qui féconde.

Que de crépuscules et que de clairs de lune j'ai passés à Saint-Rémy, devant les Antiques, avec mes enfants, avec Philippe, attendant que les personnages du monument le plus élevé — celui qui n'est pas l'Arc de Triomphe — viennent m'expliquer un peu tout cela! Mais que d'heures j'ai passées aussi, dans ma jeunesse, devant les tableaux de Rembrandt, de Vermeer et d'Hals, qui me baignaient d'un sentiment historique aussi suave, par ses réviviscences, que l'eau du Léthé par son oubli. Car il y a des heures où l'on paierait cher un cachet de bain du Léthé. Mais si ce que j'écris ici vous fait croire que je paierais également cher un cachet de bain de Jouvence, détrompez-vous! La fuite du temps me fait rire par la pensée des institutions infâmes et des sales canailles qu'elle emporte. Cette image dissipe toute mélancolie quant à mon pauvre petit moi de rien du tout.

L'aviation aura ceci de charmant, pour ceux qui voudront soit contrôler leurs observations personnelles soit vérifier celles d'autrui, qu'elle leur permettra, ayant déjeuné chez van Laar à Amsterdam, après un petit bonjour à *la Ronde de Nuit*, d'aller dîner chez Pascal à Marseille, après un petit tour sur le vieux port, ou, dans une barque-moto, à la Joliette. Mais l'art est à tel point une synthèse, et non une analyse, que le bénéfice intellectuel résultant, pour ces aviateurs intellectuels, de leur voyage, sera dû aux rapprochements et analogies, non aux dissemblances. J'enfonce ici une porte ouverte, et je m'en excuse, puisque toute fécondation est une synthèse.

LE REFLET COLONIAL

Le père de Byvanck avait été fonctionnaire à Java, et Byvanck me disait souvent: „Les Hollandais sont de bons administrateurs coloniaux". Ce qui est intéressant, c'est l'heure où la colonie prospère commence à projeter son reflet sur la métropole, à lui envoyer ce que j'appellerai le rayon d'or. Je ne parle pas seulement ici de l'or métallique, de la finance, dont le rôle actuel est devenu si important. Il y a aussi un or intellectuel. L'Angleterre, qui n'a pas sur son visage urbain et londonien, venant des Indes, le reflet qu'a la Hollande — et à beaucoup près — l'Angleterre bénéficie tout de même d'un Kipling, fils d'un haut fonctionnaire aux Indes et qui est tout éclairé par le fameux rayon. L'exotisme exerçait une attraction sur Stevenson, qui alla mourir à Samoa. J'ai lu, d'une manière de poète hindou, comme on disait au XVIIe siècle — il s'appelle Rabindranath Tagore, ou quelque chose d'approchant — des impressions et des réflexions aussi paradoxales que celles de Bernard

Shaw. Imaginez-vous qu'en 1885 j'ai vu à Londres une exposition indienne — une des premières — qu'inaugura la reine Victoria, avec beaucoup de majesté. Beaconsfield aurait été content de voir ça, mais malheureusement pour lui, il était mort, laissant une ressemblance physique, paraît-il, dans la personne de lord Dufferin, lequel avait été lui-même vice-roi des Indes.

Or, j'ai été dîner avec mes parents, il y a bien des années, chez lord Dufferin, à l'ambassade, faubourg Saint-Honoré. C'était un milieu tout à fait charmant, anglais au possible, que spiritualisaient de ravissantes jeunes filles et où l'on buvait un bordeaux exquis dans des verres à liqueur . . . *sicut est mos Britannorum*, comme eût dit Jules César. Mais il n'y avait rien qui rappelât l'Inde, ni les Hindous, ni la vice-royauté. L'Égypte n'a projeté sur l'Angleterre aucune espèce de reflet, si ce n'est le „*to be or not to be*" d'Hamlet, qui est manifestement une réplique du Sphinx et de son énigme, bien que fort antérieure à l'établissement des Anglais en Égypte.

En France, nous n'avons aucun reflet de l'Indochine, dont la piastre est florissante, alors que notre petit franc est toujours bien „chtiot", bien malingre et bien pâle. En fait d'institut colonial et de musée colonial nous possédons, dans le coin le plus obscur du Palais-Royal abandonné, quelques vitrines où dorment des poussières de serpent, deux ou trois scorpions empaillés qui ont l'air de sénateurs radicaux-socialistes, et un tænia entouré de sortes de fèves brunes, comme un rôti chez feu Mme Buloz. Cependant qu'à Amsterdam l'instutut colonial est un palais de marbre d'une splendeur inouïe, et qu'aux portes de Bruxelles, à l'orée du bois de Soigne, se trouve, dans un parc somptueux, le magnifique musée du Congo, où l'on peut travailler et méditer devant des collections méticuleusement présentées.

Ce reflet de la colonie sur la métropole est un problème des plus curieux, essentiellement moderne, et qui vient de prendre une face nouvelle, avec l'essor commercial et industriel du pétrole et du caoutchouc, avec la puissance financière du café, du sucre, du tabac, du papier. La colonie hardiment et sagement exploitée, comme le sont les colonies anglaises et néerlandaises, devient le soubassement de cet hyper-capital, dont je vous ai déjà plusieurs fois entretenus, auquel s'appuie lui-même le grand capital, étai du moyen capital, dans sa lutte récente avec le socialisme. C'est parce qu'ils se rendent compte de cet état de choses que les socialistes sont opposés au colonialisme, et nullement parce qu'ils veulent émanciper des jaunes ou des noirs, dont ils se fichent profondément. Vous connaissez le raisonnement: „Les colonies sont, avec la grande industrie, l'exploitation de l'homme par l'homme". Mais il n'y a si grande exploitation de l'homme par l'homme que le socialisme lui-même, quel que soit le numéro de son internationale. Quant au colonialisme, c'est une forme de l'activité humaine à laquelle il serait vain d'opposer des barrières et qui permet, avec des institutions modernes et raisonnables — je veux dire monarchiques — d'infuser à un vieux pays un sang nouveau.

L'Espagne, qui avait connu la grande prospérité et

splendeur à son époque coloniale, a diminué depuis en force et en prestige, à mesure qu'elle perdait ses colonies. Mais, par un retour inverse, les Romains se plaignaient du reflet trop intense de la Grèce et de l'Asie sur leurs mœurs, leur littérature et leurs institutions. Ils y voyaient, non sans raison, un ferment de décadence, un principe dissolvant. L'effritement des *gentes*, qui priva la politique romaine de son aristocratie directrice, fut-il accéléré par l'hellénification de l'Urbs, voilà qui est encore sous le signe du contesté. Mais ni les Hollandais n'ont à craindre d'être dévorés par Java, ni les Belges n'ont à craindre d'être corrompus par le Congo. Somme toute, il vaut encore mieux avoir des colonies, au temps où nous sommes, que de n'en pas avoir, et nous avons pu nous en rendre compte pendant la guerre européenne. Mangin avait vu extraordinairement clair avec l'armée noire. On ne s'imaginait pas qu'elle dût acquérir une telle importance. D'ailleurs, l'objet des colonies ne saurait être limité au renforcement des effectifs métropolitains.

Je termine ici les quelques notes que je voulais mettre au point sur la Hollande, qui est à la fois si importante et si mal connue. Placés à l'intersection des lignes de force de l'Angleterre, de l'Allemagne et de la France — je parle de force intellectuelle, économique et historique — les Pays-Bas (Belgique et Hollande) ont chacun une physionomie tout à fait distincte intellectuellement, économiquement et historiquement. Ou je me trompe fort, ou l'avenir leur ménage une place de plus en plus importante dans ce qu'on a appelé le concert européen et qui est, présentement, une sinistre cacophonie.

L'Italie — je veux dire le *duce* — a rendu, au monde occidental, un immense service en substituant au socialisme la poursuite des solutions sociales, sous l'égide de la monarchie, renforcée de la dictature. Mais cela ne suffit pas et, pour que la partie du globe où nous vivons, les uns et les autres, soit à peu près tranquille et retrouve la prospérité d'avant-guerre, il faut l'appui de la monarchie de France et des idées contre-révolutionnaires que nous représentons, depuis tantôt vingt ans, dans la presse quotidienne, à l'*Action Française*. C'est cela que je me suis évertué à faire comprendre à tous ceux que j'ai rencontrés en Hollande, en proie à la terreur de cette peste marxo-germanique, aussi redoutable que l'autre.

* *
*

TABLE DES MATIÈRES

1 Le Retour 7
2 Songe et réalité 15
3 L'Institut du Cancer 23
4 Causerie a Amsterdam 31
5 Rembrandt 39
6 D'une Architecture 47
7 L'Allemagne vue de Hollande 55
8 Vermeer de Delft 63
9 L'esprit français vu de La Haye . . . 69
10 Harlem et Hals 77
11 D'une atmosphère intellectuelle . . 85
12 Le reflet colonial 93

JUSTIFICATION DU TIRAGE

LE BALCON DE L'EUROPE de M. LÉON DAUDET
est le *premier* ouvrage de
la collection des *Belles Heures*,
qui comprendra douze petits livres
sous le signe de
la clepsydre et la rose
gravées sur bois par
M.Llano-Florez

* * *

* *

*

ACHEVÉ D'IMPRIMER

Composé en caractères *Garamont.*
Achevé d'imprimer le 20 février 1928
dans l'Imprimerie Boosten & Stols à Maestricht.
Le frontispice, gravé par J. Boon, à été tiré à
l'Imprimerie A. van Campenhout à Bruxelles

*

La présente édition, qui constitue *l'édition originale*
de l'ouvrage, est limitée à 480 exemplaires
dans le commerce, ainsi répartis:

30 sur papier du Japon, marques de A-Z et de AA-EE contenant chacun une double suite de la gravure sur japon et sur hollande;

50 sur papier de Hollande "Pannekoek", numérotés de I à L contenant chacun une suite de la gravure sur papier français; et

400 sur papier vélin anglais, numérotés de 1 à 400.

*

En outre il a été tiré hors commerce quelques
exemplaires sur les trois papiers, marqués
H.C. et signés par l'éditeur.

*

Exceptionnellement il a été tiré 10 exemplaires sur japon, contenant chacun, en dehors de la double suite de la gravure sur japon et sur hollande, une épreuve d'une planche refusée et un exemplaire du premier état de la planche définitive (J 1 - J 10).

No. H.C.

www.ingramcontent.com/pod-product-compliance
Lightning Source LLC
LaVergne TN
LVHW020336230826
846091LV00003B/893

* 9 7 8 2 3 2 9 3 6 6 4 4 9 *